虫を飼い慣らす男の告白

新延拳

思潮社

虫を飼い慣らす男の告白

新延 拳

思潮社

目次

装幀＝思潮社装幀室

虫を飼い慣らす男の告白

I

わが嘔吐

大喰らいの貘を飼っている
少々あぶない夢でも大丈夫だ
けれどもドアに挟まれてしまった夢を
とりあえず解放してあげなければならない

鏡中の獄吏が私を捕まえに来る
なんとか鏡から脱出したはずなのに
私は彼から目を離すことができない
呪縛そして戦慄

何かきちんとしたことを言わなくてはならない
さあ　なんとか
一本のペンを頼りの杖にしているが
文法は贋物
どこの国語でもない

犬が交っている
鳥が哄笑しながら水平に飛んでゆく
妄想都市の炎上
悪魔も恍惚になることがあるのだろうか
寒さが青い翳を引いて体を通り過ぎてゆくと
私は過去と地図を見失い
詩のようなものを嘔吐し続ける

虫を飼い慣らす男の告白

私は虫を飼い慣らすのが得意。場合によっては調教も。なぜそのような能力を授かったのかは知らない。

たとえば、アゲハ蝶の幼虫にイナバウアーをさせることもできる。オオカマキリに猫のまねをせよ、と命じると鎌になっている腕を三角形の顔に擦りつけて猫のまねを上手にする（カマキリにしてみれば鎌を研いでいるのだろうが）。また、コオロギなどは縄張りをもち、オス同士でけんかをしてしまうが、私がいると決してそんなことはしない。もちろん昆虫劇場のカーテンを引いたり、私の指にハイタッチするなんて朝飯前。

お前は青虫の類やカマキリ、コオロギなど気持ち悪いものが好きだなと、友達は離れてゆく。でも虫は慣れれば可愛いものだ。決して裏切らないから。こんな私でもなぜかどうしても好きになれないのはイモリ。そう、イモリは虫ではない。しかし私の天敵の調教師がイモリを飼い慣らして芸をさせていたのだ。実に憎たらしくいやらしい芸。ある日、そのイモリをテフロン加工のフライパンで照り焼きにしてやった。

最も芸達者であるといわれるのは、人の生き血を吸うノミ。映画『ライムライト』の中でチャップリンが、ノミに命令してこちら側からあちら側へとジャンプさせていたが、そんなことは簡単なこと。もっともチャップリンの目の動きと表情は素晴らしかったけれどね。小学生の時、新宿のデパートでノミのサーカスを見た。あれにいたく感動して、私は虫を飼いならすことに情熱を注いできたのかもしれない。色紙のスカートをノミにはかせ、それっ！と号令をかけると音楽に合わせてぴょんぴょん飛び跳ねる。それを踊っているといって観客は皆感心していたのだ。あるいは、とても大きなおもちゃのカノン砲を引っ張らせることなども。今じゃ、私もノミにその程度のことはさせられるけれどね。

先ほど私は家の中にいた一匹のアリを踏みつぶしてしまった。誤って踏んでしまったものを、大けがを負わせたまま生かしておくのはかえってかわいそうかな、と思ったのだ。ただ、このアリはその数分前に、私が手にのせて「慣らしていた」アリだった。私の手の上で、毛づくろいをしたり（アリにも毛がある）、右手から左手、左手から右手へと移ったり・・・私の手からは、なかなか離れなかった（こういうふうに一瞬にして虫を慣らすのは私の得意ワザ）。そのアリをそっと降ろしてその場を離れると、よほど私になついていたのか、私の匂いを追ってついてきたらしい。あろうことかそこでそいつを間違って踏んでしまったのだ。そして、一気に踏みつぶした・・・。アリのためを思って・・・というのが、結果的に「殺す」という最高レベルの暴力に。

かなたの空が急に光って
なにやら眩暈がする
重く響く音が重なって
あっ

気が付くと私は舞台に立っていた
私はとても小さくなってしまったのだろうか
全てのものがやたら大きく見える
私は逆立ちをしたり輪をくぐったりブランコを飛び乗ったり
誰かに指揮されて演技をしている

号令をかけているものは
異形なもの
よく見るとカマキリではないか
とても大きなやつ
三角形の貌を傾け身体を揺らしながら鞭をしならせている
飼い慣らしたはずの虫が私を調教しているのだ

羽の生えた帽子

「勝手にしやがれ*」と
コンサートで歌手が投げてよこした帽子を受けとめた少女
まばゆいばかりに輝く白い帽子
少女は帽子を自分の部屋に飾った
その帽子には羽が生えていた
目にしみるような若葉のもと
はばたくように自転車を立って漕ぐ少女
最初のデートでも少し緊張してその帽子をかぶった
アルバイトで写真のモデルをした時も

そしていつの間にか帽子は彼女の頭の形そのままに
もちろん新婚旅行にもかぶって行った
生まれたばかりの赤ちゃんも
その中に入れてみた
銀杏の黄葉が帽子にそして赤ん坊に降ってきた

離婚して傷心のまま仕事をさがしたときも手放さなかった
ある夏の日のこと
浜辺に忘れられた帽子が
風に吹かれてとんでゆく　海へ
それに向かって彼女はわっと駆け出す
そしてその帽子をつかんで海を漂う
どこまでもどこまでも

少女は目が覚めた

コンサートホールにいた
まだコンサートは始まっていないのだった

＊1977年　沢田研二の曲

鐘の音

時計塔は町のどこからでも見えた
また文字盤も相当大きかったので
町のあらかたの場所からしっかりと判別できた
時計塔は相当古いもののようだが
正確な建立時期はわからない
旅人にとっておかしかったのは
その示す時刻がいつも狂っていることだった
夜も照明によってはっきりと見えたが
そのことが余計に時刻の狂いを浮かび上がらせた

不思議なのは狂っているだけでなく
町の人にとっては見る者により
示されている時刻がどうも違うようなのである
ある人は三時前だといい
またある人は五時過ぎだという
恋人たちにとっては夜は九時より先に進まない
喰いしん坊にとっては昼の十二時近くになると
時計の針がやけにゆっくりと進む
ある寡婦にとっては亭主が亡くなった
午後十一時半をいつも指しているというふうに
（もっともこれは貞淑な寡婦に限るというが）

不便ではないかと町の人に聞くと
明るくなったら起きて仕事に行き
昏くなったら帰るので何ら不自由はないとのこと

時間なんかを気にするより
むしろ飛んでいる蜻蛉の羽を透かして見る夕焼けこそが
味わう価値のあるものだと
芋の葉の露がきらりと光りながら零れ落ちるのを
遠くの山へ向かって星が飛ぶのを
あるいは祈りのあと
朝の光が艶やかな黒葡萄に当たっているのを眺めている方が
生きているという充実感を得られるのだとも

鐘の音も聞く人それぞれによって
聞こえる時刻が違うそうである
鐘の音が聞こえる時ここの住民はよく鏡を見る
自分にとって一番大事なものが映るからだという
夭折した子や懐かしい親の顔などが・・・・
そして何を憶い出すべきなのかを再確認する

人々は本当の哀しみは時間が経ってからこそ
やって来るものだということを悟るのだ

町の人たちにとって時計塔はどんな存在なのだろうか
時計塔はこの町を支配しているのだろうか
神のようなものなのだろうか
塔の中に置かれた古文書には
「時計塔は神となることは望んでいない。
神と拝まれたら塔は自壊する」と記されているそうだ
けれどもその古文書を見た者は誰もいない

いま時計塔からは穏やかだが
金銀の光を放つような鐘の音が響き渡った
旅人の私にとっても全身を蕩けさせ
天にも上る気にさせる鐘の音なのだ

鏡の裏の曠野

ここは鏡のない国
人々は自分の顔を見たことがない
似顔絵や肖像画があるだろうって？
それは禁じられている
本人に似ているかどうか証明しようがないから
顔の真贋をめぐって争いが絶えないから
だから人々は目に見える限りの自分の身体を異様に気にする
よって人々の動きは常に舞踏のようだ
鏡のない国では自分の白髪にも気が付かない

鏡のなかの一本ずつふえてゆく白髪を
やすやすと自分にゆるす必要もない
もちろん鏡の中の自分に笑いかけるということもできない
不思議なことにここの住民は
三人に一人は左右が反転した鏡文字を書くのだという

ここは鏡のある国
人々は鏡の中の闇こそが自らの出自であると信じている
鏡に映った顔を自分の顔だと思い込む
本当の自分だと信じ込む
ときに一つの鏡を何人かで同時に使いその中で目を合わたりする
度を越えてつらいこと哀しいことは鏡に映ると色を失い
リアリティがなくなるので人々は鏡により頼むようになる
この国では夢も鏡に映る
しかし神は鏡に映らない

それが最大の謎とされる
鏡の方が怖れて映すのを拒否するというのが大方の学者の解釈だ

華麗な装飾を持つ鏡は敬遠される
鏡の美しさに見とれ
そこに映っている自分をしっかりと見ることを怠るから
鏡はいつか割れる
割れて無数の世界がそれぞれに閉じ込められる
鏡の裏は常に曠野である

ある日鏡のない国の若者が鏡のある国に迷い込んだ
男はあやしく光る板のようなものを見た
そしてそれが鏡というものだということを知る
初めて見た鏡
映っている姿　これが本当の自分なのだろうか

じゅうぶんに美しい
男は満足した
この国のしきたりで最初に見た鏡を人は一生持つことになる
男も長老からその鏡を手渡された
でも幾分かの不安も兆す
鏡面に映っているということは
本当に映っているだけなのか
そいつは抜け出すことはできるのか
鏡中に置き去りにされたらどうするのだ
万華鏡のように永遠に閉ざされてしまわないか
どこからか鏡の中の自分に問え、という声が聞こえてくる

男は夢を見た
自分が鏡になって人を映している
自分はその人とどのような関係をもてばよいのだ

鏡である自分は他の鏡も映している
その鏡にもその人が映っている
そしてその鏡もまた他の鏡を映している
そしてその鏡にもその人が
無限に増えてゆく鏡そしてその人
それは鏡自らの欲望によるもののように

その後男はこの国で結婚をし　子ももうけた
何十年もたつと男にとって
鏡もそれほど珍しいものではなくなってきた
春の雷が鳴った日
男は何気なく鏡を見た
それは男がこの国に来て最初に見た鏡
鏡も老いていることに気が付いた
鏡面は澄み切っているのに

雷光が鏡に届いても鈍くしか光らない

死期が近づくとその人の名が鏡面にはっきりと現れるという
この国では人は死ぬ前に自らの鏡を徹底的に壊さなくてはならない
そうしないと鏡の中に魂が取り残されてあの世に行けないから
鏡はどこにいても男を映すだけではなく
男のすべてを観察し記録してきたのだ
ある日　男はこの国に来て最初に渡された鏡に
自分の名がはっきりと現れているのを見た
そして近頃は更に老いてくもりがちになってきた鏡に
今日は天上からの光がはっきりと映っている
来世の光だろうか

男は覚悟した
そして家族の前で自らの鏡を微塵に破壊した

横顔のあなた

月に艶が出てきて
楽人が抒情詩を奏でるとき
森の妖精たちは目を覚ましホラティウスの歌を歌う
そのときイタリア半島に夜の虹がかかる
羅馬の神々の宴

僕はナポリ出身のあなたに恋をしている
あなたはいつも横顔
永遠にカメオのブローチの中に生きている

その白いつややかな肌
カールした長い髪を束ねていて

東京は寒い夜だが僕は少し夢見心地
助動詞活用表のようなジャズドラムを聴いていて
直喩と暗喩が混じりあい
今夜の月に莫妄想

約束もなしに待っていたのだけれど
ほら、あの足音で　横顔のあの人だとなぜかわかる
ブローチからそっと抜け出て
同時に私の影も闇に溶けてゆく
初めて見た時からあなたは変わらない
何年たっても
そしていつのまにかあなたはカメオの中に還ってゆく

昨日と今日の線がやっと引かれた
掌の林檎が夜明けの光をはじき返している
この詩は誰も読んでくれない詩かもしれませんが
カメオの中のあなたを思って書いた詩です
修正液の跡がたくさん残っていますが

バベルの掟

朝起きたらシーツや枕元に砂がこぼれていた
何かシャリシャリした感じがあり目が覚めたのだ
何だろう
前日は真直ぐに帰宅し、疲れていたので早めに休んだのだが
夢で砂漠を歩いていたことは覚えている
考えてもしかたがない
また遅刻してしまう
ひとり職場に入ってゆくときの皆のあの視線と
上司の嫌みはもううたくさん

このことは忘れてしまおう

砂丘の風紋の陰影が濃くなってきた
砂漠の男は塔に向かって歩いてゆく
もうすぐ夕暮れがやってくるだろう
足跡がいつのまにかなくなっていくように
今日一日の迷いも哀しみも消えてゆく
月が光りそめる頃の空の色を
なんといったらよいのだろう

バベルの住民においては垂直的なもの螺旋的なもののみ善しとされた。たとえば水平的なもの、「どこまでも広がっている」などの形容は一顧だにされなかった。それらは周りを取り囲んでいて圧倒的な存在感で威嚇してくるありふれた砂漠そのものだったから。つまりそれらは単なる無為、怠惰、あるいは神に対する冒涜とも考えられたのである。

それに比べ時間的な概念、年月の経過などは人々の思念に実に合っていた。毎年、円環的かつ常に斜め上に進んでいくという螺旋の形状に合致するからであろう。

螺旋形という性質上、どこを正面とするかということは難しかったが、太陽の昇る東が一番の格をもっていた。君主も東を背にして坐した。

夜毎の夢も同じようなものを見ることが期待された。あちらこちら無関係な夢を見るのではなく、同様のものを積み重ねていくのが健康的なことだと思われていたのだ。

一方、たとえば戦に関しては忌むべきものとされた。営々とした過去の積み重ねを常に破壊し放棄するものだとして。しかしながら一部異なった考え方をする人々もいて、さまざまな策動がめぐらされることも珍しいことではなかった。人々の言語もばらばらにされた。それによって人々の意思疎通は阻害されたが、そのことが他者とは違う自分あるいは自分たちというものに気づかされ、かつ他者との関係を再構築することに貢献することになるものと半ば期待もされた。

完成という概念は常に否定され、未完成あるいは途上という概念こそ喜ばれた。もちろんこれは塔自体が常に建設の途中にあったからである。よって死というものもあり得ず、魂が旅に出たと考えられた。遺された体は「永劫の入り口」とよばれるダストシュートに放り込まれた。そして旅から戻ってきた魂は、塔の頂上に安置されている「帰還の館」という黄金の箱にてしばしの間憩うのだ。そして塔内において新たに受胎した新生児に入り込むのである。このことは居住する民の宗教的文化的な背景の根幹をなしていたのである。

砂漠の男は一人物思いに耽る
青い月光のもとではすべてが秘事のよう
古い記憶がわが身に帰ってくる
乾ききった記憶　捨てるべき記憶
もしこの世界の通念とは違って
完璧な死というものが存在するとしたらどうだろう
男は死者について考える
死者は恍惚としているのではないかと
それはもう生きることはないという諦めからくるのか
あの苦しみにまみれた生というものに
戻ることはないという喜びからくるのか
あるいは現在の状態すなわち死という状態が
今後も続くという安堵からくるのか
遠くからの太鼓の音　遠い昔の笛の音とともに
死者たちの恍惚

死者は香りたかい月に口づけをする
半透明になった月がかすかに微笑みながら消えてゆく

砂漠の男はよく同じ夢を見る
未来だろうか
バベルとは全く違う国だが男は高層住宅に住んでいる
ひどく忙しくいつもなにかに追い立てられている
大都会を混み合った乗り物に乗って別の高層建築に行く
そこには同僚と上司がいる
そして男はときどき上司に怒られてしまう
一日仕事をして疲れ切って自分の寝床に帰る
そして翌朝目が覚めると
シーツと枕元に砂がこぼれているのだ

集められて

私は立っている
いや並んでいるといったほうが正確なのだろう
何の列だろう
なぜ並んでいるのだろう
並んでいる人たちに秋の日が当たっていて
番号札のような模様が背中に浮かんでいる
私も順番の後にくる何かを待っていることは確かなのだが
蝶の博物館にいる。何万頭もの蝶を見、圧倒された

ソファに座りこむ
とたんに眠くなり、いつの間にか寝入ってしまう
四千種、二万頭の彩とりどりの蝶が自分の周りを回っている
そのうちの一頭、オオムラサキが私の肩にとまる
何か話があるという・・・・

何か懸命に会話をしたような気がする
目が覚めたが何を話したか覚えていない
オオムラサキの標本が一瞬妖しく光った

今度はこけし博物館にいる
津軽系、南部系、木地山系、鳴子系、弥治郎系、作並系、土湯系・・・・
何千本ものこけしを順番に見て歩く
疲れてソファに座り込む
とたんに眠くなり、いつのまにか寝入ってしまう

大勢のこけしに囲まれている
大きいの小さいの、豆粒ほどのもの
突然みながくるくる回りだした
体だけでなく、首もきゅるきゅる回しながら
そのうちの一つのこけしがこちらにやってくる
話があるという・・・・・
何か話しているのだが、首をきゅるきゅる回す音にまぎれて
うまく聞き取れない

目が覚めて何か一生懸命聞き取ろうとしたことは覚えているが
何を言われたのか記憶にない
菊の模様を着た棚のこけしが、いま、きゅるると首を回した

私は立っている
いや並んでいるといったほうが正確なのだろう

何の列なのだろう
なぜ並んでいるのだろう

時間のシャッフル

全部で53枚
トランプより1枚多いカードを用意する
6から58までの番号をそれぞれに書く
何の数字だって?
年齢だよ年齢
1から5は幼すぎるからカット
今年君は還暦だけれどここ2年は近すぎるから削除
さあカードを束ねてくれ
そしてよくシャッフルするんだ

丁寧にな
切り方が甘いとバチが当たるぞ
おっと指を切るなよ
よし　そこまでだ
下に置いてざぁーと横に並べろ
そうだいいぞ
そこから1枚引いてみろ
ん？何て書いてある
32か　そうか
君は明日目覚めると32歳の自分として目覚める
就職して10年
バリバリってやつだな
何だって？
そうでもなかった？　きつかったってか
ワッハッハッハ

まあいいや
君は明日32歳の一日をもう一度やり直すんだ
しっかり楽しめよ
そして夜またカードを引け
小学校1年生の6才でもハタチでも
運に任せてな
それでは　お休み

なんだ　眠れないのか
もうカードは引かれたんだ
後戻りはできないのだよ
まだ尻込みしているのか
君はいつも　ああもう一度人生をやり直せたらなぁと
言っていたじゃないか
そういうグズなところがあるからチャンスを逃すんだ

私は時を司るクロノス
君の言葉を聞いてしまったからには放っておけない
いいか
腹を決めて
今度は後悔するなよ

過ぎた時間

気にかかっていた本を読み終えて
その余韻にひたりながら散歩でもしてみようと思った
まばらな街灯の夜道を歩き
何気なく路地に入ってみた
ふいに空気が軽くなった気がしたら
突然白昼の住宅街に出た
祭の笛の音や鉦の音がして
小さな山車が通り過ぎてゆく

かなたから何やらゴォーッという音
地面も揺れている
木の折れるような音
ヒタヒタという音も
だんだん大きくなってくる
建物が倒壊する音だろうか
あっ
マンションの上から波が
大波がかぶさってくる

そして大波の咆哮より強く深い沈黙

あの夜だった町では
僕は失踪したことになっているのだろうか

街角に
過ぎた時間が立っていた
そこに確かに立っていた
樟脳のかすかに匂う亡父の服の形をして

古いバス停に
過ぎた時間が立っていた
待たせてしまったこと
待ちぼうけを喰らわせられたこと
ひとかたまりになって

あの角を今、　曲がって行くのは
一年前の僕
向こう側の歩道に日傘をさして
佇んでいるのは三年前の母だろうか

千年後の詞華集

その書物は千年後の詞華集
終わりのない物語
人々がいつも見る夢
香気に満ち
つねにひとすじの光を放っている
書物の扉の奥に異次元の深い森があり
未知の生き物の息吹が潜んでいる気配がする
遠い日の蝶が現われて七彩の夢を見せてくれるという
あなたは出て行ったきりもう帰って来られない

それは沈黙に裏打ちされた
自由という甘くも永いながい刑のあとの
セントエルモの火
寒林の寂しげな影
炎天下の大樹の影
万華鏡の入り口で会う
千年の木乃伊

そしてそれは
今朝見た夢の続き

Ⅱ

母の夢に来てくれた人

思い出はいつも逆光に立っているあなた
おどろくほどむかしのままだ
晴れやかな進水の日もあったのにちがいない

落葉が降ってきた
どこからか来た手紙のように
寝たきりの母の夢の中にきっとだれかが来てくれたのだ
母の顔の形に添って涙が流れている
どなたか知らないけれど
母の夢に来てくれた人にお礼を言いたい

秋の日の暮れやすさ
ひとりでに灯る外灯がなぜか哀しい
聖歌がもれ聞こえてくる　かすかに
ホスピスから

裏通りのまたその裏通り
路地の奥の奥にも
あたらしい世界を開くように
そっと灯がともる

月がひときわ白く輝いて
ふっと消えた
はじめに母の夢の中に入ってきた羊の群れが
夢の外に駆け出してゆく

言葉のいらないところまで

大空を青空と書き直したら
虹の色も鮮やかになったり
不定形の愁いもいくぶん形をなしてきたようだ
雨雲が晴れてささやかな祈りのあと
本当は言葉のいらないところまで行きたかったのだろうけれど

アイスクリームが溶けるにまかせている
沈黙が苦にならないのか
固有名詞がどんどん逃げてゆく

曜日を忘れる
代名詞すら消えかけ
いや必要がなくなったというのだろうか
しかしそこから先は自らスコップで
道を切り開いていかなければならないのだ
宛先も差出人も不明な手紙を持って

せんじつめれば肉体は修羅
凋んだ己を晒したまま捨てられるのか
破裂して終わるか
風船よ

人間は言葉の器
その中にどんどんたまってゆく言葉ことば
めぐるめぐる言葉のメリーゴーラウンド

気持ちを持ち上げながら下ろしながら　ゆったりと
言葉の馬に跨りひと廻りふた廻り
ゆっくりと歳をとってゆくのがお望みだったのだが
もう誰からも自分のことは忘れてもらいたい
その方がずっといい、と言われる
あなた自身もすべてを忘れたいのですか
という言葉をぐっとのみこむ

手書きしたものがすべて空白になるとき
あなたの前のわたしも消える
問診のカルテを走る文字
医者の咳ひとつ

冬の日差しの匂いがした

カタカナのビルの片陰を
ひらがなの蝶が低く飛んでいる
カタカナのコンニチワ
ひらがなのこんにちわ
蝶が羽ばたくごとに
日ざしがゆらゆらとする

春風の中　口笛を吹く小さな女の子
君は紙で折った雛人形に目鼻を書き入れた

役に立たないことって美しい
そのとき地球の自転が瞬間遅くなった

桜は全身をもって桜であることを主張している
頸の細い少年の僕が見上げている
背中に大きな夕日が迫る
君は僕のことをひょっとして
パウル・クレーの忘れっぽい天使?といった

焚き火の匂いがするような　初恋?
ああ赤電話
硬貨を継ぎ足してつぎたして
十円玉の恋ともいうべきものだったかな
あれはもう五十年も前のこと

無題という真白いオブジェに春の朝日が差している
素敵な夢の名残にあなたは毛布をまだ抱きしめている
片方に寄せられたカーテンが深呼吸する

あなたのいない春の一日
時計の音も聞こえないのに
どこかで深夜に髪を洗う音がする
百個の月が剥落する
あれはもう四十年も前のこと

ふたりで海にきて
何を波間に捨てたのだろうか
罠と悪意のこの世で、ただふたりだけ＊
夕焼けも虹も起承転結があるが
いつもふたりで見ていた

あれはもう三十年も前のこと
あなたが歌うのを聞いている
間違って歌っていると思った
歌詞を見ると自分の記憶の方が間違っていた
ああ　空があまりに広くて
飛んでいる赤とんぼがさびしそうだ
あれはもう二十年も前のこと

あの日の青空をコピーして貼り付けたようなきょうの空
あなたのサングラスを透かしてみれば見えるだろう
あの日あのときの海も
そうだ　あのころの僕らには
まだ未来が

そろそろこの老道化師も化粧を落とす頃だ
鞄の中にはまだ今年の夏が残っているのに
いくつになっても人恋うこころ
ゆるやかな清流に梅花藻が揺れている
今や閉じ込めた思い
余生の恋だなんて

枝々の間の朝の空に
歳月が見える
いつの間にか冬になっていた
真正面に何もかもを受け止めている欅の大樹
木の葉をすっかり落として

僕らは若人のように語り合った
そして老人の貌で別れた

銀杏の大木に寄ると
冬の日差しの匂いがした
白い吐息が冬の蝶になるのを見ていた

＊「ミセレーレ」ジョルジュ・ルオー
『罠と悪意のこの世で、ただひとり』より

君には見えないの

七月の画廊
絶え間なく人に囲まれ視線にさらされている
モディリアーニの女は
首をますます長くしてドアを見つめている
黒く塗りつぶされた瞳のない目で
ドアが開いたとき吹く風を見ようとして

その風の先からは
かすかな香りがするだろう

薔薇の香
その薔薇は確かに透明だ
でも何色かって？
それはすべての色
君の見たい色　好きな色だよ
空の色を映したりすることもある

えっ僕には見えない
どうしたら見えるのだろう？
どこからかか細い声が聞こえた
「あなた自身が薔薇の心になることです」
あっ
あの首を右側に傾けた
モディリアーニの女が口をきいた

そうか
薔薇の心にか
えっ
ところでさっきから僕に語りかけているきみは誰だ
もうこの声を忘れたのか
中学高校と一緒だった山本だよ
絵画部の
おいおい、きみは・・・・
亡くなったんじゃないか
交通事故で　あれは忘れもしない三年前
そうさ
でもここにいる
日の当たっている奥の席を見てごらん

誰もいないって？

君のお母さんも一緒だ
君が一所懸命に看取っていた

やはり見えないか
君には本当に見えないのか
まずは心の窓をしっかりと磨いてみて
風の色が見えるまで
神さまがくださるまで

額縁を見ると
モディリアーニの女が変わっていた
胸元に薔薇を持つ女に
今度は瞳がしっかりと描かれていた

永遠はいつも手のとどくところに

口笛が風をよぶという言い伝え
水田を風が渡ってゆく
風が漣と化し流れてゆくようにも
何の鳥の鳴き声だろう
声がひらひらと散ってゆく
少し目をそらせた隙に雲はもう形を変えている
さっきまで金子みすゞの詩を口ずさんでいた
少女がふと消えた
あの白い雲は自分が浮かんでいる姿

さっきの少女だろうか
少しおねえさんになったような
奇妙なうたを歌っている
　棘が本意で花は従う
ブレッソン来て水たまり跳ぶ
乳の出のよきああわらび餅
はなもちならぬ瑠璃の空恋う

どれだけ蝉の死骸が積もったら
季節が動くのだろう
体の中から濤の音がする
朝顔の蔓に影がまとわりつきのぼってゆく
永遠はいつも手の届くところに
でもさわれない

縄文人と背中合わせの会話をする
彼は緑陰を身にまとって
繁みに隠れているのだが
近くの川の瀬がさらさらと鳴っていて

夜になると樹木の肌が艶めいて
今日は月の光がやさしい
自分の脈拍をはっきりと感じる
けれども少しずつ少しずつ老いてゆくことも
自覚せざるをえない
時は私の顔に数々の線を描き込み
体に重い粘土を足したるませた
傷は癒えても傷のまま
そして何よりさまざまな物語を体中に書き加えた

私はすっかり変わってしまった

銀河が流れてゆく音か
地球が回転する音か
産湯があふれて方舟が漂いだす
灯を消してしずかに目を閉じたら
神さまがきっとやさしく抱きしめてくださるよ
ほら

僕が乗っている方舟はいまどのあたりを漂っているのだろう
声が聞こえる
あなたが今まで語った言葉を全部つなげてみよう
きっと輝く星座となる、と

さてどんな切手を

冬の夕焼けには古い手紙がよく似合う
開いては仕舞う君からのはがきや手紙の束
貼られた切手の彩や模様
それらはまるで日曜日の家族のように
馴染んでいてしかも懐かしい

五十二円切手の絵柄はソメイヨシノ
八十二円切手はウメ
それぞれ春の風をまとって
三円切手はシマリス

二円切手はエゾユキウサギ
それらは北の大地から
一円切手は前島密
おっとこれは過去からだね
切手の彩が文字やことばを生き生きとさせてくれて
みんなよく来てくれた
みんなみんな君の心からの手紙を運んでくれて

新しい切手を舐めると一枚ごとに味が変わってゆく
季節が過ぎてゆくように
僕も手紙を書こう
宛先のない手紙を
もうどこにもいない君へ
もらう返事はいつも夢の中だけれど
さてどんな切手を貼ろうかな

スナップ写真の整理をしたよ

回転扉の向こう側
逆光の中、少年が立っている
あれは過去のおまえ
おまえの過去
半ズボンの少年
めくり忘れた暦には
主語もない、述語もない
黄昏がゆっくりと広がってゆく

僕は今日、いままでできなかった
おまえのスナップ写真の整理をすることにしたよ
さあ最初から

まずは保育器に入っている写真からだ
まだ名前は決めてなかったな
心音が聞こえるような気がする

次は眠っているおまえ
握ったこぶしをふとゆるめる
ぴくっ、という感じで
汗かいて四肢をふんばって泣いている写真もある
みどり児ということばがぴったりだ
産毛がうすく光っている
確か久しぶりに赤ん坊の泣く声が聞きたくてといって

おまえのおばあちゃんが来て撮ってくれたもの
みどり児のひとり笑いの写真
風鈴も写っていて風がその音色に合わせ踊っている
九月の音符となって踊っている
最後の昭和の秋という感じだ
犬の遠吠えと豆腐屋のラッパの音が聞こえてきそう

少し大きくなってきたな
幼子のおまえが自分より幼い児を見つめている
さわっている
蛍が蛍の火を抱きとめるように
火と火が重なり合う

三歳のおまえが三本指を立ててこちらを見ている

小春日和だなと思う
太陽系の惑星のとある経度と緯度にある公園
むかしからずっと今　いまいまいまいまいまいま　永遠の今

真っ黒に日焼けしているおまえ
些細なことを気にして
わだかまりを消すようにスイカの種を吹き飛ばしていたっけ
お母さんに　あのね　どうして?　と聞いていた
編み物の編み目を数えているお母さんの
邪魔をしていたんだね

お子様ランチの旗を奪い合っている
七五三のよそ行きの服を着た子どもたち
いつの間にか肩車されるようになったおまえ
ちょっと前まで乳母車にのっていたのに

鎖骨の上のくぼみがとても繊細だね

電球にぶつかって羽ばたいている蛾を怖がって
都会っ子のおまえは逃げまどっている
けれども象使いになるんだという
一緒に見に行った井の頭公園の象のはな子が
お気に入りだったね
大きな耳をパタパタさせるととても喜んで

銀色の翼が茜色にそまり機体が降下してゆくのを
おまえの背中越しに見ていた
その背中に残っていた日の匂い
大空に向かって何か叫びたくなったことを覚えているよ

今日はこのくらいにしておくか

すこしくたびれた
十八になった今日までたどりつくのは大変だ
過去はいつも新鮮　未来はなつかしい

おまえにとって今は
まるで万華鏡の中を歩いてゆくような日々なのだろう
ずいぶん頭を抱えているが
一杯一杯になっている気持ちを私に言ってごらん
大丈夫だっていうが
大丈夫じゃないのはその声でわかる
でももうとっくに自分の中では答が出ているんだろう
その悩みには
やっぱりその通りだと言ってほしいんだな

昔と変わっていないな

炎天の一塁ベース

炎天の一塁ベースまでの距離
遠かった
タッチアウト
とうとうフライも補球できなかった少年
今年の夏も終わる
結局背番号はもらえなかったね
ひざの傷はものともしなかったのに

路地の蕎麦屋で

少年は顔を突っ込むようにして丼をかきこむ
食べる姿はかなしいか
いや　食べることはかなしいか
道草も食い
待ちぼうけも食わされて

ビルが取り壊されて
まぶしい空と地面が直接向き合っている
互いに懐かしがっているようだ
晩夏の日ざしがいくつもはがれ落ちて散らばっている
しゃぼん玉消えた
消えてどこへ行ったのだろう

泣いているのか
泣けているうちはまだいいかも

バットを抱いたまままきみは眠ってしまった
夢の中では透明なランナーとなって
三塁ベースに足をかけているのだ
よしっ
また走ってみるか
きみが走るならぼくも一緒に走るよ

ぼくのポケット

夏休みが終わって職員室で飼われていたカメが教室に戻る
その尾が指揮棒のように動き出す
それに誘われるように今学期の第一楽章がゆっくりと始まる
月の満ち欠けと潮の干満もそれに加わる

左右左右左右に足を出す　右左右左右左に手を振る
イチニ　イチニ　イチニ　無意識に
意識をすると妙なことになる
眼の中に太陽が逆流する

転んでしまう
思いがけない所と方向で闇と光がすれちがう
眼前なのか眼中なのかわからない
五感が変だ　というより機能しない
目を閉じたのは僕か君かそれとも他の誰かか
真っ暗闇の中、蛍が明滅している
自ら神と名のる者があちこちに出現する
時がゆく　時をゆかしめる
採血室に置いてある砂時計
血管がどんどん伸びてゆく

大人になっても、ぼくの時間感覚や身体感覚は
子どものときのようにずれていると思うことがある
地に足がつかず、身体がちぐはぐで、浮遊感が残っている
ぼくは今何処を旅しているのだろう

野原を行くバス
手を挙げればいつでも乗せてくれる
どこにでもお連れしますと運転手は言う
過去でも未来でも月世界でも　あの世でも

昭和の広場や空地には土管が置いてあった
工場の煙突からは煙が出ていたな
さっきから空地で遊んでいるが誰も知らない子が交じっている
別れ際のその子の言葉
「お兄ちゃん、金魚すくいがしたかった」
ひろった木の実を胸のポケットに入れて忘れていたが
いま洗濯機の中で音を立てて回っている
蓑虫の蓑の中には古時計が入っていてチッチッチッチッ

枕草子では蓑虫が父よ父よと鳴くというが本当はその音だ
ぼくの右ポケットには未来、左ポケットには過去が入っている
ホームに立っていたら　通過電車に乗っている自分が見えた

白い微熱

新しい教科書のそれぞれを手に取り
香りをかいでいた君
どの科目が一番いい匂い？
そして　おお　牛という字が寝ころび、
馬という字が疾走する
羊という字が鳴きだし、
鴉という字が威嚇する
あの頃は生き生きとしていた君
ところが・・・・・

君自身じゃないんだ
わかっているよ
病気が言わせている君の言葉
うん　わかってる
今日も君はやりどころない怒りを抱え
ソファにダイビング
それくらい　わかってる
でも・・・・

上履きがゴミ箱に捨てられる
いつの間にか机にとてもひどい言葉が書かれている
恥ずかしいあだ名をつけられ、みながはやして歌う
いつもひとりでお昼を食べる、トイレの個室で
突然強くぶつかってきて蹴られる

君は自問する
ねぇ　心って何？
カッコいいって何？
カッコわるいって何？

菜の花はいつもさみしい鬼を隠している
みんなに去られた哀しい鬼を
そもそも反則だらけの隠れんぼだったんだ
鬼は菜の花そのものよりもそこに吹く風を見ている

君はイジメられているのを
あの子にはどうか目をそらせていてほしいと願う
でも黙って見ていることも暴力
目をそらすのも暴力だと気づく

吊皮が揺れる
不安が揺れる
電車の優先席がぽっかりと空いていて
時間が降り積もってゆく
でもあきらめることに決して馴れることはない
折りたたみ傘の袋のように目立たないけれど
大切なものがきっとあるはず

君はいま立っているのか寝ているのかわからない
春のあわあわとした雲を見ている
光が君のまわりを巡り廻っている
君はもう誰とも無理に群れる必要がない
ないんだよ
川辺にたつアオサギのように

白い微熱

卒業歌を君は口を動かすだけで歌わなかったね
音楽と木漏れ日のなか君は卒業してゆく
そしてどこかに忘れ物があるような

きっと君が祈りながら折った
千羽鶴がいつか光り輝き飛び立ってゆく
そんな気がするんだ

Ⅲ

ダイヤ通りということ

かつて国鉄という鉄道がありました
そう三十年前です
現在三十歳の青年はおろかその頃小学生だった人たち
すなわち三十歳半ばの人は国鉄なんていっても
わからないでしょうね
「くにてつ」って何？　といわれたこともあります

昭和五十一年六月一日
私は宇高連絡船から下船し高松駅頭に立っていました

東京での二か月間の研修を経て
当時の国鉄四国総局に見習い配属になりました
駅、運転、車掌、保線、電力等とさまざまな職場の実習生として
関東しか住んだことのない私は
瀬戸内海に沈む夕陽を毎日眺めていました
降水量が少なく気候は温暖でしたが
夏の凪などの暑さに戸惑いながらも
初めての土地で社会人としての人生を始めたのです
十か月ほどでこの土地を離れ東京に戻ることになっていました
見習いという立場に照れながらも現場の人々とのお付き合いは
今でもとても温かい記憶として残っています
実習に入ったばかりの私を宿舎に泊めてくれて
歓待してくれたりもしましたね

職員の方々から聞いた言葉です

「今から三十年ほど前、あの終戦の日でも我々はダイヤ通り列車を動かしたんです」
「赤字だ、職員の態度が悪いなどと、いつも批判されています。けれども、昭和二十年七月四日の高松空襲のことは忘れられません。深夜空襲警報が解除された後の不意打ちでした。焼夷弾が雨あられと降ってくる中でなんとか高松駅の延焼を防ぎました」
貨車区というところでは、このような話を教えてくれました
「われわれの先輩は全国の鉄道車両の連結器をたった一日で一斉に交換したんですよ。動いている貨車を行き先別に連結する作業はとても危険なことでした。このことによる殉職者は一年間に優に五百名を越していたのです。そのために自動連結器に変えることになったのですが、予め十分に準備を整え、何度も訓練を繰り返し、当日は全国のすべての貨物輸送を止めてまで、本当にたった一日で交換したのです。数万両もある機関車や客車もすべてをです。これは世界中で今でも空前絶後のことです」

そしてこの言葉
「これだけはわかってください、東京にお帰りになっても。いつでも我々は鉄道人としての魂は忘れていないということを。決められたことを決められたとおりにやり通すということの意味を」

あ、そうそう列車が台風で途中で止まってしまった時
官舎の駅長の奥さんが中心となり
職員の奥様方が飛び出してきて皆で炊き出しをして
乗客に一生懸命ふるまっていたこともありましたね
まさに家族で鉄路を支えていたのでした

高松での実習は終戦から三十年
今は国鉄も民営分割となり三十年
JR各社の皆さんもがんばっています
私も社会人となり四十年

三十年、四十年というのはあっという間ですね
私もそろそろ定年です
何が後世に伝えられるのか

四国の元国鉄職員の皆さん
息災でいらっしゃいますか
結局皆さんに何も恩返しができませんでしたね
でもあなたがたからうかがった話は
必ず伝えていこうと思っています

まっさらなページ

夜空は黒板
昼の空は白板
夜空には星の光で描くが
白昼は何色で描いてもよい

あの頃の未来へ向かって開かれていたのは
悦びだろうか悲しみだろうか
まっさらな空を見ていて
忘れた文字を思い出した

いろいろな文字のような仮面いや仮面のような文字をかぶっていた人々
そうあの頃は仮面をかぶれば誰でもすぐにヒーローになれた
さあまずは昨日へ向かう電車に乗ろうか
ヒーローに会いに　いやヒーローになりに

いつのまにか運転士が老人に
だんだんだんだんだん乗客も老人がふえてゆく
気が付くといつのまにか周りは老人だらけ
そういう僕も
車窓から見える街並みも昭和に

野原を行くと叛逆者のごとく首を垂れて
逆光に立つヒマワリ
遠景としての敗北

やはり思い出と過去とは違うのか

思い出すことが供養であることに異存はない
しかし骸骨となってはじめて
いや骸骨であるからこそ
自らが悪夢だと気付く

朝になりまっしろなカーテンを開く
今日という新しいページをめくる僕だが
やはりおまえはそこにいた
僕のヒーローだった東京タワーよ
僕はいつまでも君を応援し続けるよ
たとえ君が弟分にどんどん追い抜かれても

夢の続きは

トワイライトエクスプレス*は日本海側を上ってくる
札幌の雪函館の雪青森の雪秋田の雪酒田の雪と
だんだんに屋根にのせて
ライトを振り立て汽笛を響かせながら
雪国で聞く汽笛の音は
熱い吐息のようだ
人々は口々に寒さを言うが
木々は黙しているではないか

暮れてから味わいが深くなる
山も町も人も何もかも
雪だるまの声が聞こえる
それは誰か人の名を呼ぶ声
デクレッシェンドからピアニシモとなり消えていった

秘密の部屋からは
樹間からもれる灯りとそしてかすかに降りだした淡い雪が見える
部屋にはすべり台があり
こわいくせになんどものぼるおさな子の君がいる
僕にまどろみのさきがけがおとずれる

君を森に誘う
寂寞とした寒さ
薄氷がひかりの色にとろりとろりと浮かんでいる

ガッツポーズをしようかしまいか君は迷っていただろう
振り返った時見た君の背中に言葉がとどかない

二度寝して見た夢　折りたたんだ記憶
夢の続きは最初から再生したほうがよい
この雪は今朝見た夢の続きだろうか
せっかく指定券を取ったのだが明日は一本遅らせて
各駅停車で行こう

＊かつて大阪駅－札幌駅間で運行されていた臨時寝台特別急行列車。

空の渚に

夜の曠野を駆け抜けてゆく列車
その窓から見える一つの灯
農家だろうか
あっという間に通り過ぎてゆく

暗澹たる旅だった
僕は自分を欺き続けたのだった
自分ばかりか周りの者たちをも
そして何を得たのか

あるとすればそれは見ることのできない何か
今度ばかりは自分を追い詰めたのは自分自身
僕は夢を見た

東京への帰路。新幹線車内。うとうとして目が覚める。もうすぐ福島を通過するところか。トイレに行こうとして立ち上がる。車両の後部へ歩いてゆくと右手の通路側に座っているうつむき加減の男に目がいった。えっ。S君?あれ偶然だな。あっあっ。Sは去年自殺したんじゃなかったか。そうだよ。でもあの眼鏡と髪型、と思いながら、通り過ぎる。そんなはずないよなと、頭を振りながらトイレに入る。用を済ませて自分の席に戻る途中、振り返ってみようかな。他の人が見るとおかしいよな。でもなんか気になる。こらえきれずに振り返るとその席には子どもを抱いた女の人が。

Sはかつての僕の同僚で机を並べて働いていた。とても数字に強く有能な男だったが、酔うといつも「西へ行きましても、東へ行きましても、とかく土地土地のお兄さんお姉さんに御厄介かけがちなる若造でござんす」とフーテンの寅さんの口上をやって皆を笑わせていたっけ。端っこにいるのが好きで、いつも写真の隅にいたやつ。赤字の関連会社の責任者になって激務を重ね、再建に向ってまい進していた。いつも会社に早朝一番乗り、遅くまで働いて、そう、今やいささか古いタイプの企業戦士かも、なんて自虐していたな。薄い髪をますます薄くして。本当に大変だなと思っていたのだが。初夏の北の海に入水自殺したのを知ったのはマスコミの報道によってだった。

もちろんSの自死は僕とは直接の関係はない
でも彼の役に立つことが何もできなかった
そばにいて話を聞くこともできなかった
せめて一杯やりながらでも・・・

夢の中でSは僕に何か言いたかったのだろうか
最後のお別れをしようとしたのだろうか

空の渚にSといる
逢いたかった顔が目の前に
君は何か言いたそう
でもはっきりとは見えない聞こえない
振り向けばすべてが遠くに
日が当たっていてもいなくても

白黒の遺影の写真は若すぎたが
君の笑みは涼しげだった
会場で君だけが微笑んでいた
弔辞を読もうとすると君が飛び出してきそうで
献花の百合の花は

葯が綺麗さっぱりと取り除かれていた
花粉で汚すまいと
君らしい気遣いのように思えた

過去に帰る列車

プラットフォームに君を見送る
手を振る君は遠くなってゆく
遠くを見ることは過去を見ることでもあるから
僕は過ぎ去った過去に帰れる列車を
そっとさがすことにしよう

かつてこのプラットフォームには子供が跳びはねていた
いまは無人駅となって
まぼろしのような日照り雨

子供はいつの間にかジャージを着た中学生になり
今では後ろ姿の背広が似合う都会の男に
あるいは高めのヒールで颯爽と歩くＯＬに

迷い込んだ風と光がそのまま棲みついたようなわが生家
日々がどんどん加速して過ぎてゆく
母にはきっと見えているのだろう
そこに座って日向ぼっこをしている亡父の背中が

祖母はパンの耳を切り落としながら
七十二年目の玉音放送を聞いている
橡、楢、櫟や山毛欅
あるいは朴の木のようにゆっくりと
普段着のまま存分に生きて

昨日という過去を葬り去るために
ひげを丁寧に剃る
さあ僕も定年だ
カマキリが自らの斧を収めるときだ
履きなれた靴で見知らぬ町へ行こう
キリコの街にでも紛れ込もうか
都会の地下道から見上げる出口の四角形から
晩夏の青空が押し寄せてくる

あっ五時のチャイム「赤とんぼ」が流れている
駅前の広場では子どもたちの縄電車が動いていて
一番後ろの子どもが車掌として出発の合図を
最終が出ます
どうしようか
走ってかけこもうか

うん、かけこもう
路地のホウセンカも弾けている

えっ？

環状線が好き

環状線が好きだ
山手線が好きなんだよ

なんで？
あのウグイス色の？
全部各駅停車だし
3分間隔でひっきりなしに同じ列車が来る
面白くないだろう

いいのさ
品川で強烈な金属音を立て一直線に
目的地に向かう新幹線とすれ違ったり
西日暮里あたりで秋の陽を浴びながら北へ北へと
遮二無二進む在来線特急列車を横目で見ながら
またコンテナを満載した貨物列車や
京浜東北線としばし並んで走る
仲のいい小学生みたいに
お互いに車両の中まで乗客まで丸見え
楽しいぞ
そしてひたすら回り続けるのさ

　でもあちらは真直ぐに行ってしまうじゃないか
別れは世の常

また会えるからいいんだよ

なんでその愚直さがいいんだ？

だって終点がないから
どこにでも戻って来られるから
なんどでも何度でも
そんな人生だったらいいなって
僕にだって戻ってみたいような輝く日々がなくもなかった

それでも楽しいことばかりじゃなかっただろう？
山手線同士は内回り外回りとあって互いに永久にすれ違いだし
哀しみは網棚に置き忘れたままなんて
そう都合よくはいくまい

哀しみという闇をトンネルが全部吸い取ってくれるのさ

おいおい環状線といったって
いつまでも回り続けるわけにはいかないぜ
大崎止まりだって
回送列車だってあるじゃないか

まあすべてのものはいつかは死ぬからね
そう思えばいいのさ

ええっ　でも死んだら終わりだろう

そうさ
死者はどんどん遠くへ行ってしまう
年月という遠心力が環状に作用してぶっ飛ばされる

悲しいな

でも環状線はまた戻って来られるのだから
何かやり直せるような気もしないか？
たとえ幻想でもそう思えば
なんとか希望を失わずにやっていけるような気がするんだ

新延　拳（にいのべ・けん）

既刊詩集に『紙飛行機』（一九九四年）『蹼』（一九九六年）『百年の昼寝』（一九九八年）『わが祝日に』（二〇〇一年。地球賞、詩と創造賞）『雲を飼う』（二〇〇五年）『永遠の蛇口』（二〇〇八年。更科源蔵文学賞）『背後の時計』（二〇一一年）『わが流刑地に』（二〇一五年）

ほかに『バイリンガル四行連詩集』、しかけえほん『どうぶつれっしゃしゅっぱつしんこう』（翻訳）など。

虫《むし》を飼《か》い慣《な》らす男《おとこ》の告白《こくはく》

著者
新延《にいのべ》 拳《けん》
発行者
小田久郎
発行所
株式会社思潮社
〒一六二―〇八四二　東京都新宿区市谷砂土原町三―十五
電話〇三（三二六七）八一五三（営業）・八一四一（編集）
ＦＡＸ〇三（三二六七）八一四二
印刷所
三報社印刷株式会社
製本所
小高製本工業株式会社
発行日
二〇一八年十月三十日